L'illusion comique

FichesdeLecture.com

L'illusion comique
(Fiche de lecture)

I. INTRODUCTION

L'Illusion comique est une comédie en cinq actes et en vers, écrite par Pierre Corneille (1606-1684) et publiée pour la première fois en 1639. Elle prend le nom de l'*Illusion* dès 1660, après plusieurs révisions. Elle s'écarte profondément des comédies écrites par Corneille jusque-là, et représente donc un défi théâtral important. D'ailleurs, nombre de critiques ont souligné qu'elle s'inscrivait dans la lignée de la *Comédie des comédiens* de Gougenot et de Scudéry. En effet, l'*Illusion comique* vise à illusionner le spectateur et le plonger dans une intense réflexion sur les niveaux de l'art dramatique, ainsi que sa puissance. Corneille en profite également pour délivrer un plaidoyer pour les comédiens et écrire une véritable apologie du théâtre.

II. RÉSUMÉ DE LA PIÈCE

Acte I

Depuis dix ans, Pridamant cherche son fils Clindor, qui s'est enfui pour échapper à l'autoritarisme de son père. Il est conduit en Touraine par Dorante, chez un magicien nommé Alcandre, qui lui annonce alors qu'il reverra son fils. Après avoir éloigné Dorante, Alcandre lui raconte que Clindor, après s'être essayé à différents métiers et avoir mené une vie de picaro, travaille désormais à Bordeaux au service d'un capitan dénommé Matamore. Clindor ne souhaite apparemment pas être retrouvé. Puis le magicien fait entrer Pridamant dans sa caverne, pour lui montrer son fils en utilisant des « spectres pareils à des corps animés ». Pridamant doit surtout garder le silence et ne pas sortir.

Acte II

Alcandre et Pridamant observent grâce au magicien les « deux fantômes »
Clindor et Matamore. Ils y voient Clindor écouter Matamore, qui se vante d'ex-
ploits divers en attendant l'arrivée d'une certaine Isabelle et de son soupirant
attitré, Adraste, soutenu dans sa démarche par Géronte, le père de la jeune
femme. Adraste considère Clindor comme un rival. Isabelle repousse Adraste,
mais cela ne l'empêche pas d'aller demander sa main à Géronte. Une fois qu'il
est parti, Matamore et Clindor se dévoilent. Son maître est amené à partir,
ce qui permet à Clindor, seul avec Isabelle, de lui déclarer à nouveau son amour
et de s'enfuir lorsqu'Adraste revient. En effet, ce dernier le menace.

La servante d'Isabelle, Lyse, qui est une amoureuse déçue de Clindor,
a décidé de se venger et propose à Adraste de l'aider à surprendre les
amants. Elle attirera donc Clindor dans un guet-apens. Pridamant, toujours
témoin de la scène, craint alors pour son fils. Alcandre le soutient et tente
de le rassurer, l'incitant à rester confiant.

Acte III

L'Acte s'ouvre sur Géronte qui reproche à sa fille son refus d'épouser
Adraste. Géronte semble ensuite se convaincre tout seul qu'il arrivera à ses
fins. Ensuite, il chasse Matamore, qui était venu se vanter en sa présence.
Mis à distance, ce dernier menace le père d'Isabelle et s'enfuit en pensant
entendre les valets du vieil homme.

Quant à Clindor, il tient des propos galants à Lyse, prétendant la séduire.
Il lui offre de devenir son amant lorsqu'il sera marié, ce qu'elle refuse. Lyse le
renvoie auprès d'Isabelle. Matamore, caché, assiste à un duo amoureux entre
les jeunes gens. C'est pourquoi il quitte sa cachette et s'en prend à Clindor ;
ce dernier, toutefois, parvient à l'effrayer. Matamore lui « cède » Isabelle
(en apparence). Mais Clindor tombe dans un piège et tue Adraste d'un coup
d'épée, puis est capturé par les domestiques de Géronte. Pridamant tremble
et se désole pour son fils. Une fois de plus, Alcandre le rassure.

Acte IV

L'Acte IV s'ouvre quatre jours après le meurtre. Isabelle est au paroxysme
du désespoir et jure de mourir immédiatement après l'exécution de Clindor.

Lyse, qui ne veut pas se sentir responsable de la mort de l'amant, vient lui dire qu'elle sauvera Clindor en séduisant son geôlier. Isabelle se réjouit et reprend espoir.

Matamore entre en scène, totalement ivre. Il s'était caché et abreuvé de bouteilles d'alcool. Les femmes le font sortir. Isabelle et Lyse se retrouvent alors seules. Survient le geôlier, qui annonce que tout est désormais prêt pour faire évader Clindor. Pendant ce temps, ce dernier se désole dans sa cellule. Mais le geôlier vient l'aider à s'évader et fuir avec Lyse et sa maîtresse. Alcandre interrompt le récit à ce moment ; il va « évoquer des fantômes nouveaux ». Pridamant est soulagé.

Nous sommes deux ans plus tard, et Clindor et Isabelle ont atteint un « haut degré d'honneur ».

Acte V

Alcandre insiste pour que Pridamant ne quitte pas la grotte. On retrouve alors Isabelle et Clindor, qui se sont mariés en Angleterre. Les héros ont connu une véritable métamorphose : Isabelle, par exemple, porte des atours de princesse. Mais elle reproche à son époux son infidélité, car il avoue ne pas être en mesure de résister à la princesse Rosine, avec qui il a justement rendez-vous. Clindor fait l'éloge de l'infidélité.

Isabelle craint la réaction et la colère du prince Florilame, qui est l'époux de la princesse Rosine. Elle préfère choisir la mort pour sauver son honneur et menace de se suicider. Cela pousse Clindor à renoncer à ses vues sur Rosine. D'ailleurs, cachées, Lyse et Isabelle le voient repousser la princesse. Mais l'écuyer du prince les tue tous les deux et emmène Isabelle avec lui, auprès du Prince, qui est en fait amoureux d'elle.

Pridamant est accablé, suite à quoi Alcandre lui montre les funérailles de son fils, au cours desquelles Clindor et ses compagnons, bien vivants, se partagent de l'argent. Lui et ses amis sont en fait devenus des comédiens et viennent d'achever la représentation d'une tragédie. Pridamant se lamente de voir son fils réduit à exercer cette profession. Mais la pièce s'achève sur une apologie du théâtre et des comédiens, défendus par Alcandre. Pridamant, converti, s'en va rejoindre son fils à Paris.

III. PRÉSENTATION DES PROTAGONISTES

Pridamant

Le père de Clindor, qui accepte de pénétrer dans la grotte du magicien, est profondément inquiet pour son fils et se laisse facilement bercer d'illusions.

Alcandre

Magicien, son pouvoir est de plus en plus visible, car il peut non seulement animer des spectres, mais aussi parvenir à manipuler et illusionner personnages et spectateurs.

Matamore

Matamore est un capitan gascon, amoureux d'Isabelle. Il incarne un stéréotype de la Commedia dell'arte.

Clindor

Il est le suivant du Capitan et l'amant d'Isabelle. Le personnage connaît une véritable évolution intérieure, qui le mène à une conversion à l'amour pour Isabelle.

Dorante

Dorante est un ami proche de Pridamant.

Adraste

Ce gentilhomme est amoureux d'Isabelle.

Géronte

Il est le père d'Isabelle. Son nom fait directement référence au personnage type du vieil homme et père dans la comédie (cf. le théâtre de Molière notamment).

Isabelle

Elle est la fille de Géronte et l'amante de Clindor.

Lise

Domestique d'Isabelle, Lise est amoureuse de Clindor. Elle se montre d'ailleurs jalouse.

IV. AXES D'ANALYSE

Une pièce réflexion sur le théâtre

À travers *l'Illusion Comique*, Corneille entraîne les spectateurs dans l'univers du théâtre. Le titre de la pièce est déjà révélateur. L'illusion désigne la fiction en général, ce qui s'applique au genre théâtre, comme ici, mais aussi à la narration littéraire dans son ensemble. Or la pièce de Corneille met en scène du théâtre dans le théâtre, en utilisant le procédé de mise en abyme. L'illusion est donc double dans l'esprit du dramaturge et sur scène. C'est un élément typique et traditionnel du théâtre baroque.

Cela permet à Corneille de s'amuser avec les genres pour mieux explorer les diverses options offertes par l'art dramatique. Ainsi, on évolue avec lui de la pastorale (les personnages dans la grotte) à la comédie, puis à la tragi-comédie et la tragédie. De plus, à travers un personnage comme Matamore, le dramaturge souligne l'influence et à la fois l'impuissance de la parole et du langage. Les personnages jouent de l'illusion ; parfois ils sont crus par ceux qu'ils cherchent à tromper (Clindor et Isabelle), à d'autres moments ils ne dupent personne (Matamore).

Le mélange des genres est donc très subtil. Il passe par un recours aux stéréotypes de la Commedia dell'arte (mais c'est pour mieux les détourner), comme Matamore et ses rodomontades, ou encore par le décor naturel de la pastorale (la grotte en Touraine) et la tragi-comédie, mais aussi par le baroque (nature fondamentale de la pièce, à travers le thème du trompe-l'œil notamment) ainsi que par des éléments de tragédie et de classicisme : le thème de la mort, le souvenir...

Le spectateur lui-même peut être trompé, avec la fausse mort de Clindor par exemple. Le but est de perdre le public, le mener aux limites de l'illusion grâce à l'art dramatique, qui le fait osciller entre réalité et représentation.

La superposition des plans

La pièce mêle différentes intrigues.

Nous y voyons Pridamant et Alcandre (1), puis Clindor et Isabelle (2), et enfin ces deux derniers acteurs d'une tragédie (3). Il y a un véritable enchâssement des plans à travers la pièce. La structure repose donc sur plusieurs niveaux :

1. Pridamant et Alcandre sont les spectateurs et les personnages de la pièce (double rôle). Ce niveau de représentation met en avant le grand pouvoir d'Alcandre, qui est capable de révéler des personnages qui ne sont pas là, des fantômes en quelque sorte. Mais il est aussi capable de tromper aussi bien Pridamant que le spectateur par de nombreuses illusions.
2. Les amants Clindor et Isabelle sont observés et acteurs. L'intrigue de ce second niveau est très liée au premier niveau.
3. La tragédie du dernier Acte constitue un niveau d'intrigue en soi. Cela permet au dramaturge d'offrir au public et au lecteur la possibilité d'une seconde lecture à la recherche des indices de l'illusion, afin de savoir comment il a été trompé...

La contestation de la règle des trois unités

On a beaucoup reproché à Corneille, dans cette pièce, de ne pas respecter les trois unités déterminées pour le théâtre classique. Et, en effet, la multiplication des intrigues rend sa lecture difficile du point de vue des règles établies. Les dédoublements y sont nombreux et se défient des règles au profit de la liberté dramatique. Or, en s'y penchant de plus près, on s'aperçoit que finalement certains éléments sont respectés, au-delà des jeux de l'« illusion comique » :

- si l'on regarde la pièce du point de vue de l'avant-scène uniquement, la pièce ne se déroule qu'en un lieu unique (celui de l'observation...)
- l'action se concentre sur le regard des personnages observateurs (Pridamant, Alcandre)
- ... de même que le temps de la représentation

Cependant, la pièce se joue de ces règles classiques en entretenant le doute quant à leur respect… cela est dû à Corneille, certes, mais aussi à une période de la littérature qui est en pleine transition entre classicisme et baroque.

L'expression de l'amour du théâtre

À travers ces jeux de mise en abyme et sa réflexion sur l'art dramatique, dans toute la pièce mais aussi dans l'Acte V de manière plus spécifique, Corneille écrit en fait une véritable ode au théâtre, qui s'exprime tout particulièrement dans l'Acte V, scène 6 :

«(…) À présent le théâtre
Est en un point si haut que chacun l'idolâtre,
Et ce que votre temps voyoit avec mépris
Est aujourd'hui l'amour de tous les bons esprit »

Dans la même collection en numérique

Escadrille 80

Inconnu à cette adresse

La controverse de Valladolid

Les Vilains petits canards

Une partie de campagne

Cahier d'un retour au pays natal

Dora Bruder

L'Enfant et la rivière

Moderato Cantabile

Alice au pays des merveilles

Le faucon déniché

Une vie

Chronique des Indiens Guayaki

Je voudrais que quelqu'un m'attende quelque part

La nuit de Valognes

Œdipe

Disparition Programmée

Education européenne

L'auberge rouge

L'Illiade

Le voyage de Monsieur Perrichon

Lucrèce Borgia

Paul et Virginie

Ursule Mirouët

Discours sur les fondements de l'inégalité

L'adversaire

La petite Fadette

La prochaine fois

Le blé en herbe

Le Mystère de la Chambre Jaune

Les Hauts des Hurlevent

Les perses

Mondo et autres histoires

Vingt mille lieues sous les mers

99 francs

Arria Marcella

Chante Luna

Emile, ou de l'éducation
Histoires extraordinaires
L'homme invisible
La bibliothécaire
La cicatrice
La croix des pauvres
La fille du capitaine
Le Crime de l'Orient-Express
Le Faucon malté
Le hussard sur le toit
Le Livre dont vous êtes la victime
Les cinq écus de Bretagne
No pasarán, le jeu
Quand j'avais cinq ans je m'ai tué
Si tu veux être mon amie
Tristan et Iseult
Une bouteille dans la mer de Gaza
Cent ans de solitude
Contes à l'envers
Contes et nouvelles en vers
Dalva
Jean de Florette
L'homme qui voulait être heureux
L'île mystérieuse
La Dame aux camélias
La petite sirène
La planète des singes
La Religieuse
1984 A l'Ouest rien de nouveau
Aliocha
Andromaque
Au bonheur des dames
Bel ami
Bérénice
Caligula
Cannibale
Carmen

Chronique d'une mort annoncée

Contes des frères Grimm

Cyrano de Bergerac

Des souris et des hommes

Deux ans de vacances

Dom Juan

Electre

En attendant Godot

Enfance

Eugénie Grandet

Fahrenheit 451

Fin de partie

Frankenstein

Gargantua

Germinal

Hamlet

Horace

Huis Clos

Jacques le fataliste

Jane Eyre

Knock

L'homme qui rit

La Bête humaine

La Cantatrice Chauve

La chartreuse de Parme

La cousine Bette

La Curée

La Farce de Maitre Pathelin

La ferme des animaux

La guerre de Troie n'aura pas lieu

La leçon

La Machine Infernale

La métamorphose

La mort du roi Tsongor

La nuit des temps

La nuit du renard

La Parure

La peau de chagrin

La Petite Fille de Monsieur Linh

La Photo qui tue

La Plage d'Ostende

La princesse de Clèves

La promesse de l'aube

La Vénus d'Ille

La vie devant soi

L'alchimiste

L'Amant

L'Ami retrouvé

L'appel de la forêt

L'assassin habite au 21

L'assommoir

L'attentat

L'attrape-coeurs

Le Bal

Le Barbier de Séville

Le Bourgeois Gentilhomme

Le Capitaine Fracasse

Le chat noir

Le chien des Baskerville

Le Cid

Le Colonel Chabert

Le Comte de Monte-Cristo

Le dernier jour d'un condamné

Le diable au corps

Le Grand Meaulnes

Le Grand Troupeau

Le Horla

Le jeu de l'amour et du hasard

Le Joueur d'échecs

Le Lion

Le liseur

Le malade imaginaire

Le Mariage de Figaro

Le meilleur des mondes

Le Monde comme il va

Le Parfum

Le Passeur

Le Petit Prince

Le pianiste

Le Prince

Le Roman de la momie

Le Roman de Renart

Le Rouge et le Noir

Le Soleil des Scortas

Le Tartuffe

Le vieux qui lisait des romans d'amour

L'Ecole des Femmes

L'Ecume Des Jours

Les Bonnes

Les Caprices de Marianne

Les cerfs-volants de Kaboul

Les contes de la Bécasse

Les dix petits nègres

Les femmes savantes

Les fourberies de Scapin

Les Justes

Les Lettres Persanes

Les liaisons dangereuses

Les Métamorphoses

Les Mouches

Les Trois mousquetaires

L'étrange cas du Dr Jekyll et de Mr Hyde

L'Ile Au Trésor

L'île des esclaves

L'illusion comique

L'Ingénu

L'Odyssée

L'Ombre du vent

Lorenzaccio

Madame Bovary

Manon Lescaut

Micromégas

Mon ami Frédéric

Mon bel oranger

Nana

Ne tirez pas sur l'oiseau moqueur

Notre-Dame de Paris

Oliver twist

On ne badine pas avec l'amour

Oscar et la dame rose

Pantagruel

Le Misanthrope

Perceval ou le conte du Graal

Phèdre

Ravage

Roméo et Juliette

Ruy Blas

Sa Majesté des Mouches

Si c'est un homme

Stupeur et tremblements

Supplément au voyage de Bougainville

Tanguy

Thérèse Desqueyroux

Thérèse Raquin

Ubu Roi

Un Barrage contre le Pacifique

Un long dimanche de fiançailles

Un secret

Vendredi ou la vie sauvage

Vipère au poing

Voyage au bout de la nuit

Voyage au centre de la terre

Yvain ou le Chevalier au lion

Zadig

À propos de la collection

La série FichesdeLecture.com offre des contenus éducatifs aux étudiants et aux professeurs tels que : des résumés, des analyses littéraires, des questionnaires et des commentaires sur la littérature moderne et classique. Nos documents sont prévus comme des compléments à la lecture des oeuvres originales et aide les étudiants à comprendre la littérature.

Fondé en 2001, notre site FichesdeLectures.com s'est développé très rapidement et propose désormais plus de 2500 documents directement téléchargeables en ligne, devenant ainsi le premier site d'analyses littéraires en ligne de langue française.

FichesdeLecture est partenaire du Ministère de l'Education du Luxembourg depuis 2009.

Plus d'informations sur www.fichesdelecture.com

ISBN: 978-2-511-02890-2

Notes :